AF269398

LAS PREGUNTAS DE NACHO

RAFAEL LOMAS VILLEGAS

LAS PREGUNTAS DE NACHO

EXLIBRIC

ANTEQUERA 2024

LAS PREGUNTAS DE NACHO
© Rafael Lomas Villegas
Diseño de portada: Dpto. de Diseño Gráfico Exlibric

Iª edición

© ExLibric, 2024.

Editado por: ExLibric
c/ Cueva de Viera, 2, Local 3
Centro Negocios CADI
29200 Antequera (Málaga)
Teléfono: 952 70 60 04
Fax: 952 84 55 03
Correo electrónico: exlibric@exlibric.com
Internet: www.exlibric.com

ISBN: 978-84-10297-65-4
Depósito Legal: MA-2336-2024

Impresión: PODiPrint
Impreso en Andalucía – España

Nota de la editorial: ExLibric pertenece a Innovación y Cualificación S. L.

RAFAEL LOMAS VILLEGAS

LAS PREGUNTAS DE NACHO

*Al recuerdo de aquel tránsito por la infancia, del miedo,
donde nos enseñaron el origen de la vida… y otras cosas.*

1

La escuela

Nacho tenía siete años; en aquella edad mantenía un cercano vínculo con la iglesia y todo lo relacionado con la Divinidad. Un vínculo inculcado a través de la constatada empatía entre la espada y la cruz, presentes en los dibujos de conquistas que figuraban en los libros de texto.

En la escuela, también la religión y el castigo eran dos conceptos estrechamente relacionados.

El adoctrinamiento escolar, basado en la represión celestial y en la ejecutada por aquellos maestros, hacía llevar al convencimiento de que todo tenía relación con Dios, y que por todo había que dar gracias a nuestro Señor.

En las comidas se daba gracias al Señor por los alimentos que disfrutaban, debido a una generosa concesión Divina.

Todos los placeres eran como consecuencia de la generosidad del Creador.

Dios también daba la vista, el oído, el olfato, el gusto… El cuerpo humano no se interpretaba como un conjunto de órganos interrelacionados, que daban como resultado estas capacidades. Disponer de estas facultades también era una generosa concesión individual de nuestro Padre Celestial. Por ser beneficiario de estos privilegios, había que manifestar una cotidiana gratitud al Señor.

El pecado y el castigo divino marcaban una frágil línea divisoria, que mantenía a Nacho en permanente estado de alerta.

Un involuntario atentado a la moral podría llevarle directamente al infierno.

El infierno. El horno incandescente donde los pecadores morían derretidos. Aunque cumplía con todos los parámetros de adhesión a la religión, Nacho sentía la angustia de estar al borde de aquel fatal destino, ante alguna dudosa conducta.

2

La evaluación académica

El aula donde Nacho aprendía el origen de la vida, y otras cosas, estaba formada por veinticuatro pupitres divididos en tres filas.

Los ocupantes de aquellas mesas estaban ubicados en las filas en función de sus capacidades académicas.

Estas se medían por una rigurosa puntuación evaluadora.

La aplicación de aquel baremo se hacía con base en el grado de dificultad de la pregunta.

Las preguntas podían ser orales o escritas y, dado el interés del maestro por la evidencia pública, predominaban las primeras.

Asimismo, las respuestas se dividían en: aceptables, diez puntos; notables, veinte puntos, y sobresalientes, treinta puntos.

El nivel del alumnado se visualizaba al instante, pues los más brillantes ocupaban los primeros puestos de la fila. A medida que se retrocedía en la posición del pupitre, también se mostraba el deficiente nivel del ocupante de este.

En aquella fórmula de puntuación, una mala respuesta podía ser susceptible de ser penalizada con pérdida de puntos, incluso con castigo físico si se era reiterativo en la mala nota.

Aquel organigrama hacía que en la cabecera de cada fila se exhibiera el niño más cualificado académicamente. Este reconocimiento público le llevaba a responsabilizarse del control de las puntuaciones de su sección.

Aquel día, después de la clase de urbanidad, venía la de religión. A estas dos materias el maestro les daba mucho valor, ya que, decía, eran los pilares de la formación humana.

Más que la deficiencia en el estudio, lo que implicaba ser merecedor de castigo era la transgresión del orden, la disciplina.

De vez en cuando, sin un motivo concluyente y con objeto de mantener en tono álgido la autoridad, el maestro verdugo hacía una exhibición práctica de su arma de castigo —una vara de mimbre—, de esta manera trataba de eliminar cualquier atisbo de relajación en la conducta.

En aquella ocasión, tras un leve murmullo de los últimos de la fila, mandó llamar a dos supuestos infractores de la disciplina, ubicados en aquella zona.

Como siempre, ponía al infractor —en este caso eran dos— delante de la mesa del maestro —este era el punto de máxima exposición pública—. Allí, el «reo» sufría la humillación y el dolor a los pies del gran crucifijo que presidia el aula. Jesucristo en la cruz, flanqueado por la foto del caudillo y un amigo de este —decían—, llamado José Antonio, daban testimonio de aquella aleccionadora represalia.

Tras recibir el efecto electrizante de la vara, el «torturador» ordenó a los «insurrectos» volver a sus asientos; antes quiso obtener de estos el compromiso verbal de no reincidir en los hechos.

Puesto de manifiesto el poder de convicción de aquel flexible junco con el que no cesaba de golpearse la palma de la mano, y una vez «restablecido» el orden, el castrense maestro rigurosamente «uniformado» con un impecable traje de profesor, mandó silencio.

Comenzaba la clase con la pregunta rotunda, y aparentemente sencilla, de quién era Dios.

Los que creían estar en posesión de la respuesta correcta se ponían en pie, el resto permanecía sentado. En esta ocasión se levantó toda la clase, entre otras cosas porque quedarse sentado entre tanta masa haría muy visible y delatador el hueco.

Aquel volumen de «eruditos» permanecía en pie esperando que el maestro, paseando entre las filas con su inseparable arma de castigo en la mano, se dirigiera a alguno de ellos.

El intimidante profesor, de manera aleatoria, se acercó a uno de los últimos de la fila y, sin mencionar su nombre, solo elevando la barbilla a modo de pregunta subliminal, le invitó a contestar.

El elegido, como respuesta, dijo que Dios era el creador del mundo. Aquella contestación mereció la calificación de cero puntos y la invitación, con un golpe de la vara en el pupitre, a que tomara asiento.

El maestro continuaba con sus parsimoniosos paseos, buscando una respuesta convincente o, por el contrario, mostrar su hostil descontento.

«Dios es el creador de la tierra y el universo», dijo algún preguntado. Esta respuesta fue considerada aceptable y evaluada con diez puntos.

«Dios es el creador del hombre, el sol y la luna», dijo otro. A este le correspondieron veinte puntos, como respuesta notable.

Nacho dijo que Dios era el creador de la tierra, del hombre, del sol, la luna y las estrellas. A él le correspondieron treinta puntos, como respuesta sobresaliente.

Una vez que los primeros de la fila tomaron nota de las puntuaciones y —en absoluto silencio— el maestro, sentado en el borde de su mesa, hizo un barrido con la mirada de un lado al otro del aula, como queriendo dirigirse a cada uno de los presentes, advirtiéndoles que sabía que estaban allí, escondidos entre la masa. Esto lo hacía con aquel gesto amenazante, sin dejar de golpearse la palma de la mano con la torturadora herramienta.

Con aquella señal de advertencia, y tras mandar silencio —sobre el ya existente—, lanzó la siguiente pregunta. Esta era referida al tiempo que tardó Dios en crear el mundo.

La contestación unánime de siete días tuvo una penalización de diez puntos, pues esta respuesta se dio por incorrecta, ya que el profesor el séptimo día no lo conceptuó como día de trabajo.

En la siguiente pregunta el maestro quería saber cómo hizo Dios al hombre.

A la respuesta de «barro» se la consideraba sobresaliente si se le añadía «de la tierra», «de barro de la tierra».

La pregunta siguiente guardaba paridad con la primera. El maestro preguntaba cómo hizo Dios a la mujer.

La contestación mayoritaria fue de una costilla de Adán. Los que se limitaron a decir de una costilla no pasaron de una puntuación aceptable, diez puntos.

Ahora el severo profesor preguntaba qué era el paraíso terrenal.

La respuesta exacta decía que el paraíso era un vergel, con abundante fruta, donde Adán y Eva vivían plácidamente.

Todos los que se acercaban a esta definición puntuaban favorablemente, las que se alejaban de aquellos parámetros eran penalizadas.

En el siguiente dato a saber, se pedía el nombre de los hijos de Adán y Eva. La descripción de estos fue mayoritariamente acertada.

Una vez se sabía la identidad de aquellos hermanos, la pregunta era referida a lo que pasó entre ellos.

La respuesta de que Caín mató a Abel tenía una valoración aceptable, si además se le añadía que aquello sucedió por celos, ya que Dios le tenía más simpatía a Abel, la valoración aumentaba. La consideración de sobresaliente se obtenía si, además de todo lo expuesto, se mencionaba el arma homicida: una quijada de asno.

Qué fue el pecado original, eso era lo que ahora se quería saber.

La descripción de que Eva comió la fruta prohibida tenía una puntuación aceptable, si a este dato se le añadía que fue seducida por una serpiente, la consideración pasaba a notable. La máxima nota se obtenía añadiendo que la serpiente era el diablo encarnado en aquel reptil. Con este matiz, la respuesta era de sobresaliente.

Ahora se avanzaba en el tiempo, y el maestro preguntaba si alguien sabía qué fue el diluvio universal.

La respuesta de que llovió durante cuarenta días y cuarenta noches con tanta intensidad que toda la tierra quedó inundada, había que añadir la causa. La causa era por castigo de Dios contra la maldad de los hombres. Esta concluyente respuesta merecía la máxima puntuación.

La siguiente pregunta guardaba relación con la primera.

Qué fue el arca de Noé, eso era lo que el maestro quería saber ahora.

De entre todos los hombres de la Tierra, solo Noé gozaba de la simpatía de Dios. A este le encargó la construcción de un arca de madera para salvarse.

Esta conclusión merecía una puntuación notable, pero si a esto se le añadía que, dentro del arca, Noé debía meter, además de a su familia, una pareja de animales de distinto sexo y especie, la valoración era de sobresaliente.

Siguiendo el hilo del tema, el maestro preguntó por las intenciones de los descendientes de Noé para librarse de un futuro diluvio.

La respuesta de que estos construyeron la torre de Babel fue mayoritaria.

A continuación de aquella extendida contestación, el maestro quiso profundizar aún más en el contenido de la pregunta.

Preguntó qué altura pretendían darle los hombres a aquella torre. La conclusión estuvo dividida en varias afirmaciones. Unos decían que el propósito era que superara la altura de las casas. Otros, los más aproximados a la respuesta real, decían que esta tenía que elevarse por encima de las montañas.

Finalmente, los más ilustrados aseguraban que los hombres pretendían llegar con la torre hasta el cielo.

El profesor, ante aquella muestra de conocimiento, otorgó a estos últimos la máxima puntuación: un sobresaliente.

En la última pregunta, el exigente educador quería saber cuál fue la actitud de Dios ante la construcción de la torre de Babel.

La respuesta generalizada fue que a Dios no le gustó que los hombres quisieran construir aquella torre, solo uno añadió que, para que no avanzaran en la construcción, el Señor les confundió el habla. Naturalmente, este obtuvo la máxima puntuación.

A continuación, para apoyar aquella brillante respuesta, el ilustrado maestro aclaró que la torre de Babel era el origen de todas las lenguas: el inglés, el alemán, el francés y también el español.

3

La Navidad

Se crecía despacio, igual que el tiempo, que avanzaba lentamente hacia fechas lejanas. Todo quedaba muy lejos… la Navidad, la Semana Santa, la feria… el verano…

El futuro era una palabra de significado inconcreto, depositada al final de un desconocido y lejano camino. Aunque parecía que aquel término —el futuro—, era la meta de todos los esfuerzos, la falta de concreción en el contenido hacía que los planes inmediatos del día a día tuvieran prioridad sobre aquella abstracta expresión.

Aquel día, con la inminente llegada de la Navidad, la clase de religión trataba del nacimiento de Jesús.

Después de una descripción física del lugar donde nació el niño Dios —en un pesebre—, y, por consiguiente, descendiente de unos padres muy pobres, donde se aludía a la profesión de carpintero de José, su padre, el maestro concluyó que Jesús de Nazaret —el Mesías—, era el hijo de Dios hecho hombre, concebido por obra y gracia del Espíritu Santo y nacido de la virgen María.

Llegados a este punto, a Nacho se le planteaba una pregunta.

Dado que los hijos procedían de un padre y una madre, como el propio Jesús —hijo de José y María—, cómo era posible que el Mesías procediera de dos padres: José, el carpintero, y el propio Dios.

A Nacho no le quedaba claro aquella dualidad paterna.

Aquel enigma le resultaba difícil de aclarar por los caminos de la lógica, de manera que atribuyó el hecho al efecto multiplicador del Espíritu Santo.

El año acababa para Nacho sabiendo que el mundo lo creó Dios en seis días y que el Creador hizo al hombre con barro de la tierra, y a la mujer de una costilla de este. También que los descendientes de esta pareja —Adán y Eva— eran los hermanos Caín y Abel, con el desenlace fatal de que el primero mató al otro con una quijada de asno.

Asimismo, el año terminaba sabiendo que Jesucristo nació por una extraña influencia del Espíritu Santo.

Ahora lo más inmediato era la llegada de la Navidad.

Aunque lo que más se valoraba eran las dos semanas fuera de la influencia de los maestros verdugos, aquella fiesta de exaltación y júbilo por la llegada del niño Dios se esperaba con impaciencia —además de por este motivo— por la degustación de los dulces de Pascua, a los que solo se tenía acceso en aquellos días del año.

También tenía relevancia la llegada de los Reyes Magos, portadores del regalo sorpresa que premiaba el buen comportamiento.

Aquella leyenda en la que Nacho creía, ese año le suscitó una reflexión.

Cuando el día de Reyes todos los niños lucían los juguetes con los que estos los habían premiado, Montoya, el niño gitano vecino de Julio, se distraía con el aro de siempre.

La familia del gitanito eran conocidos hojalateros, dedicados a la reparación de todo tipo de utensilios de porcelana y latón. Con el asa de un cubo, el padre de Montoya le hizo un aro a su hijo.

El motivo de no disponer de juguetes, dijo el amigo de Julio —y del resto del grupo—, era porque por su casa no habían pasado sus majestades, ya que ellos eran pobres.

Ante la consternada respuesta de su amigo, Nacho se preguntaba por qué extraña razón los pobres estaban excluidos del itinerario de los Reyes Magos.

4

La formación religiosa

Al regreso de las vacaciones de Navidad, todo seguía igual.

El maestro, enfundado en un intimidador traje a modo de uniforme con licencia para impartir justicia, deambulaba con paso lento entre las filas de pupitres del aula, golpeándose rítmicamente la palma de la mano con aquella vara de mimbre que, como el «año» anterior, exhibía amenazadoramente.

Ahora, además de la clase de religión, el Padre Nuestro al llegar por la mañana y la misa dominical, se incorporaba para la tarde de los viernes la lectura del Santo Rosario.

A esto último el maestro le daba una importancia superior a todos los demás actos religiosos. Como demostración de este convencimiento obligó a memorizar todos los misterios y letanía de ruegos y adoraciones de aquel ritual.

Con este planteamiento educativo, la formación humana se veía —decía el místico profesor— sensiblemente reforzada.

Para el maestro, la formación religiosa y una buena nota en urbanidad podrían suplir la deficiencia en los demás datos académicos.

Pasaban las semanas, los meses, casi con el mismo objetivo de estar en paz con Dios nuestro Señor y con la memorización del rosario.

Para comprobar que lo segundo se cumplía, todas las semanas, de manera aleatoria, el maestro sacaba a un niño al estrado —su mesa— para que dijera públicamente de memoria las cuentas del rosario.

Mantener fresca en la memoria aquella cantidad de nombres requería de un cierto esfuerzo de estudio. En cambio, para estar en paz con Dios solo se requería ir a misa los domingos y, a través de la confesión, limpiar el alma de pecados, si es que en el transcurso de la semana se había producido alguno.

Nacho se preguntaba con asombro cómo la generosidad de Dios, a través de aquel sencillo gesto, permitía comenzar el lunes con el alma limpia de pecados.

5

La Semana Santa

Como un alto en el camino del aprendizaje, del origen de la vida y otras cosas, llegó la Semana Santa.

En aquellos días se ponía de manifiesto la religiosidad de las gentes.

La muerte de Jesucristo se hacía presente en forma de riguroso luto. La pareja de la guardia civil caminaba a pie o a caballo, con los fusiles colgados al hombro, como siempre, pero esos días con los cañones boca abajo, sin apuntar al cielo.

La radio transmitía música sacra y radionovelas referidas a la muerte de Jesucristo.

De los siete días de aquella semana, el jueves y el viernes cobraban especial protagonismo.

El Jueves Santo se significaba por un severo ayuno, seguido de una opulenta comida característica de aquella fiesta, con la que se seguía la tradición. En esta estaba presente el bacalao en diferentes versiones y las albóndigas.

La comida se endulzaba con el postre, tradicional también: el arroz con leche y las jugosas torrijas.

El Viernes Santo se vivía en un estado de luto extremo, donde el dolor parecía estar latente. En aquel día de duelo el pecado cobraba especial significado, por lo que había que estar atento ante cualquier descuido. Una manera de pecar era el hecho de comer carne; ese día estaba prohibido la ingesta de este alimento a no ser que, como hacía un vecino poco dado al sacrificio, se pagara la bula.

La bula era un método para sancionar —económicamente— a los transgresores del mandato «divino» que no querían estar en la lista de pecadores. Este «impuesto» permitía liberarse de aquel «sacrificio» religioso.

Nacho se preguntaba si el resultado de aquella transacción —sacrificio por dinero— era igualmente válida a los ojos de Dios.

Aquel halo de miedo en el que se vivía en aquellos días se trasladaba a las tenebrosas y oscuras noches de procesiones.

A Nacho le sobrecogía la presencia de aquellos «verdugos justicieros». Ese era el rango que él le daba a aquellos misteriosos encapuchados con capas negras, que le miraban por aquellos agujeros.

Las aceras, con la luz de la calle apagada, las delimitaban las hileras de cirios que portaban los intimidatorios encapuchados, al tiempo que, de la oscuridad de la noche, emergían las hogueras de velas a los pies de los santos, consternados por la muerte de Jesús.

De algún balcón surgía la letra desgarradora de una saeta y, tras el lacónico grito de dolor de esta, volvía el silencio. Silencio alterado por las cadenas que algún sufrido penitente descalzo arrastraba por el asfalto.

De vez en cuando, los tambores y cornetas con aquella característica percusión mecían los pasos en la noche trágica.

En una atmósfera de luto y dolor iban terminando aquellas vacaciones, donde el Domingo de Resurrección parecía perdido en el calendario.

Aquella hoja del almanaque alertaba de la vuelta al torturador centro de formación académica y… humana.

6

Los maestros verdugos

Atrás quedó la fiesta religiosa envuelta en oscuridad, saetas y algún ayuno, compensado por el goloso arroz con leche y las añoradas torrijas.

Ahora, con las vacaciones de verano en el horizonte, aún lejano, tocaba volver a la escuela y al sometimiento a través del miedo que imponían los severos educadores.

En aquel centro de formación espiritual y humana, los maestros eran conocidos por el apelativo relacionado con el arma de castigo que empleaban para que la enseñanza fuera perfectamente asimilada.

Don Jaime, el barbero

Amenazaba con arreglar las patillas a la menor incidencia.

A este «educador» era frecuente verle ejecutar aquella pedagógica manera de enseñar a través del terror.

Durante el recreo elegía a un hipotético infractor de la disciplina —la disciplina era el móvil fundamental para la represión— y lo exhibía por todo el patio tirándole de la patilla. Aquel se autodefinía como el mejor barbero arreglador de patillas.

El niño, encogido de medio lado y elevándose de puntillas para contrarrestar la tracción del verdugo sobre aquella zona del cuero cabelludo, caminaba con la cabeza torcida y las manos abiertas, en claro gesto de súplica. Este mantenía un sonoro y repetitivo quejido que hacía trasladar el dolor a la comunidad estudiantil, que presenciaba el humillante castigo.

El famoso «barbero» tenía un lenguaje corporal muy reconocible. Usaba un traje marrón —siempre era de este color—, con los pantalones exageradamente anchos. Como distintivo de la fe, que ya se le suponía, lucía en la solapa de la chaqueta un reluciente crucifijo de plata.

Doña Juanita

Doña Juanita, la maestra de párvulos, se la conocía por Zapatilla Veloz.

Usaba este reconocido calzado de una manera habilidosa y rápida para azotar a los pequeñines «revoltosos».

La herramienta de torturar todos los maestros la tenían custodiada en el aula de la clase, sin hacer exposición pública de ella. A no ser que, como sucedía con el barbero, formara parte de su anatomía.

De doña Juanita también se podría decir que aquel calzado formaba parte de su cuerpo, y la zapatilla fuera un apéndice de este.

Aquella maestra pegona de niños de corta edad, siempre iba provista de su herramienta de castigo para dar respuesta al instante a un prematuro infractor del orden. Aunque lo que más parecía motivarle era la acción de desenfundar.

Con un movimiento rápido y preciso, desenfundaba el arma —la zapatilla— cual pistolero del Oeste, imponiendo su intimidatoria autoridad.

Siempre usaba el mismo calzado. Anteponía al confort del pie, en otro modelo acorde con la estación del año, el poder hacer uso de manera inmediata del liviano «zapato» bélico.

Don Jorge

Este era conocido como el domador del látigo. El cinturón lo llevaba por fuera de las trabillas del pantalón, con objeto de no perder tiempo en la aplicación del castigo.

La pena que imponía aquel torturador consistía en poner al «reo» de espaldas a la clase con las manos apoyadas sobre la mesa del profesor —de don Jorge—.

Aquella posición formaba una perfecta inclinación para que la zona a azotar —el trasero— no ofreciera ninguna dificultad.

Don Pedro

La fama de Don Pedro venía dada por su dominio con una curiosa herramienta que usaba para sancionar cualquier indisciplina. Se trataba de una peonza, que manejaba magistralmente.

Mandaba llamar al «condenado» y, tras ponerse este de rodillas en aquella posición humillante, le aplicaba un golpe con la punta de aquel puntiagudo juguete. La fuerza que empleaba era la justa, para no provocar herida y evitar dejar huella física del castigo. Solo dejaba un prolongado dolor que duraba todo el día… y a veces más.

Don Gabriel

Don Gabriel era conocido como el Pastelero.

Este no utilizaba ningún artilugio como herramienta de castigo. Se valía solo de las manos, en este caso la derecha. Con este miembro se vanagloriaba de repartir, decía, suculentas galletas.

Las sonoras bofetadas a veces se hacían audibles desde el exterior del aula, desde el pasillo.

Don Manuel

Conocido como el verdugo de la regla.

Este objeto de medir aquel maestro lo convertía en una temida arma de guerra.

Lo que le había dado fama era el nombre de la condena. Se decía que a Fulanito de tal lo había condenado Don Manuel a hacer el huevo.

La denominación venía dada por la manera en que el condenado tenía que poner la mano. Este gesto consistía en agrupar los dedos con la punta hacia arriba, y esperar estoicamente el golpe seco de la regla sobre la punta de estos. Apartar la mano conllevaba multiplicar el número de intentos.

Por último, estaba el torturador hindú, el maestro de Nacho.

Este profesor, amante de la vegetación asiática, siempre comenzaba la clase de la misma manera. Tras el ritual paseo golpeándose la palma de la mano con una vara de mimbre hindú, y una vez exhibida la temida herramienta de castigo, se sentaba de espaldas sobre el filo de su mesa.

En aquella posición, empuñando el «arma» con las dos manos en actitud retadora, comenzaba la clase.

El manejo de aquella herramienta era multidisciplinar, servía como sable de combate, en los momentos de represión, y también como apoyo didáctico, a la hora de señalar las tareas de la pizarra.

Como objeto para torturar, ofrecía multitud de variantes; dependiendo del estado de ánimo del «verdugo», aplicaba una u otra.

La más frecuente era el golpe seco en la palma de la mano, pero el repertorio de Don Óscar —así se llamaba— era mucho más amplio.

Cuando estaba inspirado y quería hacer exhibición de sus habilidades torturadoras, ejecutaba la técnica que él llamaba «del asno».

Aquel era el nombre que empleaba para referirse al castigado. A este le adjudicaba unas hipotéticas orejas de burro, a las que martirizaba con un certero cimbreado con la vara de mimbre.

La técnica depurada que había adquirido hacía que la zona castigada no excediera de los límites de la oreja. En este punto se centraba el dolor y un intenso enrojecimiento que permanecía visible durante mucho tiempo.

7

Con flores a María

Con el horizonte del verano ya cercano, en mayo, coincidiendo con el cumpleaños de Nacho, los niños llevaban flores al colegio.

En un lateral del aula, junto a la mesa del maestro, se desplegó una gran foto con la imagen de la patrona del pueblo.

Allí se improvisó un altar, donde todos los niños llevaban flores a la Virgen.

Tras el acto de colocar las flores a los pies de la santa se procedía a dar la clase de evaluación religiosa. Antes se cantaba a coro la canción *Con flores a María*.

Aquel momento estaba cargado de una intensa emoción colectiva. Todos cantaban, interiorizando de manera vehemente, la letra de la canción.

Tras el lírico momento comenzaba la clase.

Las preguntas ese día iban referidas a los milagros de Jesucristo.

En aquella clase se ponía de relieve el poder divino de Jesús. Se dejaba constancia de cómo el hijo de Dios caminó sobre las aguas del mar, cómo multiplicó panes y peces para dar de comer a una multitud hambrienta o cómo devolvió la vista a un ciego. También cómo convertía el agua en vino en el transcurso de una boda.

De estos y otros milagros se dejó constancia en aquella ilustrativa clase.

En el milagro del vino se ponía de manifiesto el protagonismo que esta bebida tenía en la religión. Además de la importancia que se le daba en aquella boda, también en la misa dominical se aludía a ella en referencia a la sangre de Cristo.

Este dato a Nacho le hacía pensar en Alfonso.

Alfonso era un vecino alcohólico —decían—, que tenía dos hijos, uno de ellos era de la misma edad que la suya y les unía gran amistad. También a su madre se le tenía cariño en la familia.

Al vecino Alfonso se le veía habitualmente tirado sobre alguna acera, en un estado tan deplorable que sobrecogía verle.

Pensando en el padre de su amigo, Nacho se preguntaba cómo una bebida «sagrada» podía ser tan dañina.

La clase terminaba con una pregunta contundente referida a la vida y milagros de Jesús.

El maestro quería saber cuál era el mayor milagro de Jesucristo.

A esta pregunta contestaron media docena de alumnos aventajados de la primera fila. Estos decían que el milagro más impresionante fue la resurrección de Lázaro.

Esta contestación tuvo la consideración, por parte del profesor, de un notable. Solo Enrique —también componente de la primera fila— dijo que el mayor milagro de Jesús fue su propia resurrección al tercer día.

Aquella respuesta, aunque de un nivel notable, no obtuvo el sobresaliente. El brillante alumno obvió añadir un detalle importante. Este era decir que, después de abrir la losa del sepulcro, Jesucristo se elevó a los cielos.

El maestro exigía literalidad en la respuesta, sin obviar ningún matiz.

8

Los amigos inseparables

El grupo de inseparables amigos, además de transitar juntos por el terror de la escuela, compartían sólidas convicciones religiosas, este hecho los reunía en la misa dominical, donde aprovechaban para quedar a primera hora de la tarde en la puerta del cine.

En la sesión de la matiné, de programa doble, experimentaban las excitantes aventuras que les proporcionaban las películas de vaqueros, género cinematográfico del que eran fervientes defensores.

También suponía un vínculo de unión el partido de fútbol entre colegios de los sábados, que se disputaba en el recinto ferial. Aquella gran explanada, a excepción de los días de la feria, permanecía libre de cachivaches, proporcionando un espacio perfecto para la disputa de aquellos encuentros. Estos se celebraban ineludiblemente hiciera frío o calor, lloviera o nevara; las condiciones climatológicas nunca eran un impedimento.

En cuanto a la adhesión por los colores de un equipo, a excepción de Enrique, que era seguidor de Carlos la Petra del Zaragoza, todos los demás eran del Real Madrid.

Aunque pudiera parecer que el grupo mostraba unánime empatía, excepto por el sólido nexo religioso, por lo demás, todos tenían personalidades e inquietudes propias, además de diferenciarse por unos rasgos físicos muy reconocibles.

Julio

Tenía una boca de gruesos labios que, junto con el abundante cabello rizado, le hacían parecerse con bastante fidelidad al cantaor flamenco de moda. Se parecía a Antonio Molina.

Entre ellos le cambiaban el nombre deliberadamente; a modo de recurrente broma le llamaban Antonio.

Siempre mostraba heridas en las rodillas y los codos por su insistente imitación de Araquistaín. Era alto, espigado, el físico que correspondía a un buen guardameta; de mayor quería ser portero de futbol.

Tenía un rasgo físico diferenciador muy acusado. Se trataba de sus ojos, eran de un azul tan intenso que intimidaba su mirada.

Siempre estaba inmerso en la lectura religiosa; de mayor quería ser sacerdote.

Todos en el grupo tenían asumido que el compañero, a través del perseverante estudio que mostraba, el día de mañana se convertiría en padre, con capacidad para impartir la absolución de cualquier pecado.

Luis

Este tenía la piel muy blanca y rosada, por lo que la exposición al sol no se hacía recomendable, aun así, permanecía con el resto del grupo, desafiando los rayos solares por tiempo indefinido.

Era frecuente verle con la cara extremadamente roja en los días soleados de partido, mostrando un inquietante aspecto.

Luis se imaginaba los domingos por la tarde en la pantalla del cine, batiéndose a duelo con el forajido de turno.

Quería ser artista de películas del oeste.

Pablo

De su físico destacaba la cara, muy poblada de pecas.

Le gustaba el olor a gasolina y todo lo relacionado con los motores de locomoción.

Solía presumir del conocimiento que tenía de una pieza llamada Delco y las funciones de esta en el equipo electrónico del motor.

Su meta era tener un taller mecánico.

Montoya

Era muy identificable por el tono oscuro de su piel y el abundante pelo negro que le caía hasta los hombros.

De su futuro no llegaban referencias respecto a alguna inquietud, alguna meta. Daba la impresión de que el futuro de Montoya ya estaba instalado en el presente.

Nacho

Era muy rubio y siempre iba perfectamente peinado de raya, con el pelo cortado a navaja.

Aquel refinado trabajo de barbería, que suponía un sobrecoste, su padre lo justificaba con un sostenido argumento. Decía que la personalidad se potenciaba a través de un atractivo lenguaje corporal.

En el plano humano, Nacho destacaba por su afición a la lectura. Esto lo llevaba a describir situaciones, en forma de relato, aplicándoles palabras finales a modo de rima.

De mayor aseguraba que sería poeta.

9

Por fin llegó el verano

Por fin llegó aquella fecha. Aquellas largas vacaciones lejos del colegio y de sus verdugos suponían un soplo de libertad en el que Nacho le daba sentido a la vida.

Con el siguiente curso ubicado en un futuro lejano, el grupo de inseparables amigos se preparaban para disfrutar del verano, con la intención de transformar el tiempo en excitante aventura.

Ligeros de ropa, abandonados al sol y al viento, se proponían transitar por aquella ansiada época del año, dispuestos a devorar las horas con inusitado entusiasmo.

Las excursiones clandestinas para coger fruta entraban dentro de las actividades diarias programadas; unos días irían a los albaricoqueros, otros a las higueras, otros a los melocotoneros, otros a las hortalizas…

La ingesta de fruta formaba parte del contenido vital de cada día de vacaciones.

Provistos de vitaminas, planeaban multitud de juegos, excursiones y todas las aventuras que les sugería el desbordante ingenio.

La frenética actividad veraniega tendría una pausa los domingos por la mañana, para cumplir con el precepto de la santa misa. También los jueves por la tarde durante dos horas, para asistir a la clase de catequesis.

La preparación para aquel magno acontecimiento de hacer la primera comunión la comenzaban con tiempo, ya que este estaba planificado para la siguiente primavera.

Esta clase, impartida a todo el grupo por una monja, se consideraba de vital importancia.

Además de la preparación para el transcendental acontecimiento, la religiosa alargaba mínimamente la clase para enseñarles urbanidad. Con este añadido esfuerzo, la monja decía completar la formación humana, y trasladaba un llamamiento en forma de donativo a la voluntad cristiana de los generosos padres.

Aquellas dos horas de formación religiosa y la asistencia dominical a la santa misa, además de contar con el apoyo familiar, también estaría bien vista a los ojos Dios.

Aquel triángulo con el ojo abierto —el ojo de Dios— que figuraba en los libros de texto, y que lo veía todo, se tenía muy presente.

Nacho pensaba que, además de mantener limpia el alma, era conveniente hacer gestos visibles para mantener una buena relación con el Señor.

10

Primera travesía

Una manera de llenar de contenido los largos días de verano eran las excursiones en canoa por el río. Aquella fluvial aventura era absolutamente clandestina, dado el potencial riesgo que entrañaba la profundidad de aquel caudaloso río —el río Guadalquivir—.

El grupo de intrépidos aventureros había visto en el cine cómo los indios fabricaban canoas para desplazarse por el agua. Las rudimentarias embarcaciones consistían en agrupar varios troncos de madera, que ataban con juncos.

Los protagonistas de las películas, se servían de varias de aquellas maderas, para formar una plataforma donde iban sentados los exóticos tripulantes.

La logística de buscar el material para la construcción de la flota ya resultaba excitante.

Después de unos días recopilando de entre los chopos la pretendida madera, que iban guardando en un oculto embarcadero de frondosas aneas, dieron por concluida la tarea. Había llegado el momento de proceder a la construcción de las «embarcaciones».

En principio, pensaron que un solo tronco cumpliría con la función de transporte fluvial que imaginaban; sin embargo, aquella idea pronto se desechó.

Aquel cuerpo cilíndrico daba poca estabilidad, pues este giraba sobre sí mismo en el agua, produciendo el vuelco inmediato.

Definitivamente, tuvieron que recurrir al método indio de las películas de atar una madera contra otra.

La superficie de la embarcación no tenía que ser grande, con dos de aquellas vigas que evitaran el vuelco era suficiente.

Los seis amigos se distribuirían en tres canoas formadas por dos troncos cada una. En cada «barco» irían dos «marineros».

Después de dos días de intenso trabajo, tratando de imitar a los apaches de las películas utilizando juncos para atar aquella estructura, el resultado final sembraba ciertas dudas de fiabilidad. La plataforma no quedaba firmemente compactada, propiciando una arriesgada navegación.

Había que desechar los juncos como material de amarre, y sustituir estos por resistentes cuerdas.

Ahora se planteaba la necesidad de encontrar cuerdas, y un experto en el uso de las mismas.

Para este cometido, pensaron en un amigo mayor de Montoya.

Montoya era el gitano, vecino de Julio que, aunque durante el año no tenían contacto habitual, en verano se incorporaba al intrépido grupo de aventureros.

Aquel niño que no sabía leer ni escribir tenía, además de dos años más que el resto, una inteligencia innata, en la que ninguno dudaba en apoyarse.

La familia del amigo mayor del gitanito —así lo llamaban cariñosamente— se dedicaba a la confección de canastos de esparto y otros utensilios de este material; también hacían cuerdas.

El grupo de amigos gozaba de una paga semanal de dos reales, que iban acumulando en una hucha de barro con la intención de comprar una pelota de goma. Este material deportivo se exponía en el escaparate de una tienda de artículos de caza y pesca. Como apoyo al artículo original —la caza y la pesca—, la tienda también vendía objetos para la población infantil.

Aquella moneda del agujero en el centro, multiplicada por seis, por dos meses, daba como resultado el importe del flamante juguete, una pelota de goma que, mediante una perfecta imitación, adquiría el aspecto de un auténtico balón de reglamento.

Aunque el objetivo de aquel ahorro era la adquisición del balón, se impuso la sensatez de cambiar aquel juguete por una navegación segura.

Para que acometiera el trabajo de atar las «canoas», el dinero que acumulaban en la hucha pensaron dárselo a Heredia, el amigo de Montoya, que, como este, se hacía llamar por el apellido.

Tras la decisión de recuperar la fortuna, custodiada en aquella «caja fuerte» de barro, quedaron un día para asistir al señalado momento.

El encargado de provocar el siniestro era Julio.

Todos en círculo contemplaban cómo el frágil recipiente, al soltarlo desde cierta altura por el elegido para el acto, se hacía añicos, y los sueños de dos meses rodaban por el suelo en forma de moneditas agujereadas.

El grupo observaba con decepción la escena. Aquella fortuna no tenía el final soñado.

Tras asumir el cambio de planes, se pusieron manos a la obra.

El hábil amigo del gitanito, después de un día de intenso trabajo, construyó la pequeña flota.

De esta manera, una vez finalizado el trabajo en el oculto astillero, las canoas, con sus correspondientes remos —unas tablas de cajas de cerveza—, quedarían listas para navegar por aquellas prohibidas aguas.

Por la mañana muy temprano habían ido al arroyo a coger brevas e higos chumbos. Este riachuelo tenía a lo largo del pequeño cauce abundantes higueras, granadas y también infinidad de chumberas.

Después de degustar la fresca fruta mañanera, repartieron equitativamente el botín, para que cada uno llevara a su casa aquel postre, a modo de chantajista sorpresa.

La intención era que este gesto convalidara el permiso para estar todo el día fuera del domicilio. Aunque estaban de vacaciones, no venía nada mal un detalle que potenciara aquel hecho.

Una vez cumplido con la primera parte de la jornada —la recogida de brevas e higos chumbos—, el inseparable grupo de amigos se dispuso a ir al canal de riego para lanzarse por los rápidos en una rueda neumática.

Dado que solo disponían de un flotador, su uso se hacía por riguroso orden alfabético, referido a la letra del apellido.

Aquella infraestructura fluvial, ideada para el riego de las huertas, la intentaban transformar en una piscina donde poner a prueba todas las disciplinas de la natación.

Después de las divertidas zambullidas por los rápidos con el improvisado flotador, comenzaba la competición.

Esta se dividía en varias disciplinas. Una era la competición de buceo. En esta se ponía a prueba la capacidad pulmonar para aguantar la respiración, durante el desplazamiento bajo el agua a lo largo del canal.

La siguiente —la más peligrosa—, consistía en tirarse de cabeza, tal como habían visto por la televisión en la olimpiada de Tokio 64.

En esta prueba, la manera de evaluar al participante producía sistemáticas discusiones. La puntuación que daban los jueces —cada uno de ellos—, era en función del agua que salpicaba el saltador en el momento del impacto, en esto nunca había unanimidad de opinión.

La competición de los saltos de cabeza, además de una difícil valoración artística, su ejecución entrañaba un considerable peligro.

Todos los juegos debían tener una dosis de desafío, de riesgo, para hacerlos excitantes y atractivos, también para poner a prueba el valor que a cada uno se le suponía.

Desde lo alto del rápido —la cascada—, el saltador se lanzaba de cabeza a la poza de agua. Este gesto requería de cierta técnica, pues había que evitar entrar en el agua muy picado; de no hacerlo con la inclinación correcta, se corría el riesgo de dar con la cabeza en el fondo.

Además de controlar la inclinación al entrar en el agua, esta debía hacerse en el centro del cauce, pues las paredes del canal, hechas de cemento granulado con arena, podían producir llamativas y sangrientas rozaduras.

La mañana natatoria terminaba con la prueba de velocidad nadando a crol.

Como aquella piscina solo contaba con una calle —la anchura del canal—, la disputa en grupo estaba descartada, se hacía necesario la competición individual, eligiendo al ganador por tiempo cronometrado.

Dado que el único del grupo que disponía de reloj era Julio —su padre era relojero—, este sería el juez que determinaría el vencedor de la prueba.

Aunque el poseedor de aquel «cronómetro» era el salvador de la competición, su reloj adolecía de una deficiencia, no tenía segundero visual.

Al árbitro del incompleto medidor del tiempo se le planteaba un dilema, cómo saber los segundos que pasaban si el nadador se excedía del minuto exacto.

Aquella deficiencia técnica Julio la suplía contando en voz alta, de manera intuitiva y a un ritmo acompasado, los segundos que supuestamente pasaban, o no llegaban, al minuto.

La empatía, o no, con el competidor hacía que la apreciación del ritmo que el juez le daba a los segundos se hiciera muy subjetiva para el conjunto de participantes.

Al final de la prueba se suscitaba un inevitable conflicto para autentificar al vencedor de la misma.

Rayando las dos del mediodía, la hora de comer, daban por terminada la mañana de natación en los rápidos.

Ahora se dirigían cada uno a sus casas para estar presentes en la mesa; aquella tradición era inviolable.

Antes, como en vacaciones no había tiempo que perder, quedaron emplazados nada más terminar la comida en la plaza mayor del pueblo a primera hora de la tarde, para poner a prueba las anheladas canoas.

A la hora prevista, fueron apareciendo en aquella plaza donde quedaban siempre. Dada la hora —las dos y media—, tendrían que cumplir la distancia hasta llegar al río, soportando el calor propio del medio día.

Con unánime decisión se dirigieron hacia el lugar donde se encontraba la «flota», desafiando las altas temperaturas. Durante el recorrido, las viñas que bordeaban el camino con sus centelleantes hojas verdes parecían derretirse bajo los «abrasadores» rayos del sol. De vez en cuando, el macizo golpeo de las pisadas de algún mulo cargado de aperos se incorporaba al plácido sonido de las chicharras.

Tras más de una hora de caminata, allí, entre juncos y aneas, les esperaban las «embarcaciones», recién salidas del «astillero».

De dos en dos fueron ocupando las rudimentarias «canoas», emprendiendo la travesía río abajo. A cada poco tiempo de navegación, atracaban en la orilla para visitar una huerta o una plantación de árboles frutales.

Acceder a los albaricoques, ciruelas y otras delicias no requería de ningún permiso; en cambio, para la suculenta sandia, se hacía necesario el convincente relato de Nacho.

Este, al frente de los cinco «mudos» amigos, se acercaba al cuidador del huerto y le proponía que la sandía de desecho destinada para alimento de los cerdos se la dieran a ellos; en sus casas, decía, no podían permitirse el consumo de aquel costoso postre.

La lastimosa historia convencía de inmediato al impresionado hortelano, que les obsequiaba con una voluminosa y rica sandia, con cuchillo incluido. Esto último no se hacía necesario, ya que alguien del grupo iba provisto de aquel cubierto. El portador de aquella herramienta para cortar sacó del bolsillo un objeto metálico rectangular, del que se desplegaba un sacacorchos, un abrelatas y un cuchillo.

Siguiendo al portador de la moderna navaja, se dirigían a la sombra de un ciruelo para disfrutar de aquel delicioso manjar, al tiempo que echaban a suertes quién sería el destinatario del corazón de la exquisita hortaliza.

Repetir aquella experiencia gastronómica no entrañaba ninguna dificultad, siempre que no se hiciera reiterativa.

La solución sería ir cambiando de huerta, manteniendo el mismo discurso, pues este se había demostrado absolutamente convincente.

11

Cruzar el río daba más emoción

Navegar rumbo a las lacrimógenas representaciones en las huertas pronto se convertiría en rituales poco estimulantes, carentes de riesgo, de emoción.

Para que aquellas embarcaciones proporcionaran más aventura, decidieron cruzar el río.

El grupo, unificando un argumento convincente, dijeron en sus casas que aquel día lo pasarían en la tasca de Remigio.

Remigio era un hombre mayor, vendedor de golosinas durante el curso escolar, muy popular en el pueblo por el público infantil y también por el adulto, los padres de los niños consumidores de chuches.

Los dos reales de paga que el grupo percibía se solían invertir en las golosinas que vendía el abuelo durante el año, en la puerta del colegio.

El anciano, propietario de una fluvial tasca-merendero frente a las hortalizas y campos frutales, pasaba allí la época estival atendiendo aquel negocio, que solo funcionaba en verano. El vendedor de chuches les había invitado a que le hicieran una visita durante las vacaciones.

El coqueto quiosco-bar estaba ubicado en una extensa alameda al otro lado de aquella importante masa de agua. Para llegar a él, había que hacerlo cruzando el río por el puente romano.

Este era el recorrido oficial, con el que obtuvieron el permiso familiar para visitar al conocido personaje vendedor de cromos, galletas, chicle, regaliz y demás delicias para el público infantil.

A primera hora de la mañana, el grupo había quedado en el lugar de siempre, en la plaza de España frente al colegio.

Con unas talegas al hombro, provistos de bocadillos, fueron llegando de uno en uno al lugar convenido, todos con la emoción contenida ante la excitante aventura que aquel desafiante plan proponía.

Una vez reunidos, los intrépidos «marineros» se dirigieron al río por el camino solitario de siempre, mínimamente transitado por algún campesino. La caminata de más de una hora serviría para madurar futuras travesías con nuevas variantes, alguno proponía en lo sucesivo ir provistos de caña de pescar.

Enzarzados en propuestas y contrapropuestas referidas a la manera de sacarle el máximo partido a aquellos «barcos», llegaron a un punto donde el camino los dejaba cerca del río, a poca distancia de donde se encontraba la «flota».

Antes de zarpar, y dado el esfuerzo que presumiblemente requería aquella distancia remando, decidieron hacer uso de la energía que aportarían los bocadillos, además, eran las nueve de la mañana, y con la euforia de comenzar cuanto antes aquel reto, no habían desayunado.

Sentados sobre unas rocas, a la sombra de un gigantesco sauce, se dispusieron a acumular fuerzas.

Dado el apetito, y que la logística no era excesiva, en poco tiempo acabaron con la anticipada merienda.

Con el estómago lleno, y cargados de energía, los seis amigos, distribuidos de dos en dos en sus respectivas «embarcaciones», se deslizaron río abajo.

Navegaban cerca de la chopera, lejos del cauce central, cuya profundidad aconsejaba esquivar a no ser que se pensara cruzar al otro lado.

Después de una larga navegación, cerca de las últimas huertas se divisaba en la otra orilla, la chopera donde se encontraba el merendero de Remigio.

Decididamente, pusieron rumbo hacia aquel tupido bosque de árboles donde se encontraba el veraniego bar del amigo anciano, el motivo y la excusa para llevar a cabo aquella aventura.

Durante la navegación, lejos aún del centro del caudal, donde la profundidad del agua permitía ver la fauna del río, entre ellos rivalizaban en la identificación de los peces que se avistaban.

El juego de las adivinanzas, aunque entretenido, no proporcionaba la emoción que la arriesgada travesía debía proporcionar. Para llenar aquel vacío de peligro y, con el afán de generar una atmósfera de terror que prestigiara la osada navegación, un miembro de la tripulación —Luis—, supuesto entendido, ya que era hijo de pescador, alertaba de la existencia en las profundidades de aquellas aguas de voluminosos y temerarios peces.

Luis incluso les ponía nombre, Lucios y Carpas, decía; además, añadía que eran carnívoros, atacando a la más mínima provocación.

Los marineros de las tres «embarcaciones» iban sentados a horcajadas sobre los troncos de las rudimentarias canoas, con las piernas sumergidas hasta la altura de la rodilla. Tras aquel terrorífico relato, un instantáneo escalofrío se trasladó a la tripulación, haciendo sacar los pies del agua al unísono, ante la amenaza de ser amputados por las alimañas de las profundidades.

Con las piernas cruzadas sobre la superficie del «barco», liberaban los miembros de cualquier intento de degustación de carne humana.

Ahora que el riesgo parecía controlado, Luis quiso añadir aún más dramatismo al momento.

A fin de reforzar su argumento, dijo ver una voluminosa sombra bajo el agua. Este dato que confirmaba la teoría de los monstruos de las profundidades generó un constatable estado de pánico en los aterrados tripulantes, que remaban a la toda velocidad para abandonar la zona de máxima concentración de agua, donde, supuestamente, se encontraban las alimañas carnívoras.

Poco a poco, a medida que iban abandonando el cauce central del río y, por tanto, el hábitat natural de aquellos monstruos, iba desapareciendo el potencial peligro.

Recobrado el pulso tras la inquietante amenaza, se iban acercando a la orilla, a la frondosa chopera donde se encontraba la tasca del abuelo amigo, vendedor de golosinas.

La travesía, que se había hecho larga y excitante, tocaba a su fin. Estaban llegando a la frondosa arboleda, donde se disponían a atracar las canoas, cerca del merendero.

Ahora había que darle la sorpresa a Remigio, que no les esperaba.

Tras confesar —con cierto orgullo— el medio de transporte que habían empleado para llegar hasta allí, y ante el horror del abuelo por la temeraria aventura, se dispusieron a ayudar al amigo en las tareas que este realizaba en aquel momento.

Se trataba de limpiar mesas, recoger cajas y ordenar botellas; también ayudaron a quitar la hierba de un pequeño huerto lleno de tomates, pimientos, berenjenas… y también sandías.

Como final de la tarea, ayudaron a limpiar los azulejos de un mosaico que conformaba la imagen de la patrona del pueblo.

Este trabajo requería de una escalera, ya que la imagen de la virgen se encontraba elevada por encima de la puerta de entrada.

Acceder a aquella altura suponía un cierto riesgo para el anciano, en cambio para ellos, llegar hasta aquellos azulejos no entrañaba ninguna dificultad; además, subir por la escalera le daba más contenido a la aventura, ya que nunca habían utilizado aquel mecanismo para escalar.

Después de un tiempo de trabajo en equipo, el anfitrión dio por concluida la tarea.

Como compensación al altruista esfuerzo, el abuelo les obsequió con una refrescante Mirinda y la degustación de una sandía —la fruta preferida del grupo—, que el tabernero amigo mandó arrancar del huerto.

Sentados alrededor de una mesa metálica junto al anciano, pensaban en repetir la visita a lo largo de aquel prometedor verano.

Remigio les despidió del improvisado embarcadero, pidiéndoles encarecidamente que tuvieran mucho cuidado en la travesía de vuelta.

Al tiempo que les hacía aquella enfervorizada petición, el solitario abuelo quiso dejar constancia de su agradecimiento por la compañía que le había supuesto la inesperada visita. Haciendo hincapié en aquel dato, les obsequió con una peseta, una peseta a repartir entre seis.

Aunque intentaban defender sus propósitos altruistas ante el amigo, este mantenía firme la idea de que aceptaran aquel dinero, únicamente como un regalo, dando por hecho el desinteresado esfuerzo desempeñado por el grupo.

Una vez puesto en valor este importante matiz, la peseta pasó a manos de Nacho que, por absoluto consenso, fue elegido responsable del fraccionamiento de aquella moneda de considerable valor.

El aglutinador de aquella unánime confianza se dispuso a dar custodia a la fortuna para la que era encomendado. Sacó del bolsillo un pañuelo que siempre llevaba y, tras una curiosa maniobra, ató la peseta con un nudo; de esta manera se minimizaba el riesgo de extravío de aquel tesoro.

12

La visita al pastor

Emprendieron la navegación río arriba, con las rudimentarias tablas a modo de remos, buscando el lugar por donde, decía Luis, el cauce del río se estrechaba; de este modo, se haría más corta la travesía de vuelta.

Ahora ya no se hablaba de los peces asesinos de las profundidades, aunque todos mantenían los pies sobre los troncos, fuera del agua.

La navegación se hacía en alegre armonía, comentando todo lo que estaba dando de sí el día, nada que ver con la monotonía del colegio, dijo Pablo.

Pablo, al igual que Julio y Luis, aprovechaban cualquier situación, para mostrar una clara animadversión hacia el colegio; realmente, de los componentes del grupo, solo Enrique y Nacho mostraban cierta adhesión a la escuela. Enrique, que solo estaba interesado en los temas religiosos, sostenía que de mayor sería cura.

De Montoya, su relación con la escuela quedaba patente en la incapacidad para formar una palabra uniendo varias letras; del mismo modo, mostraba un nulo dominio sobre la lectura.

La navegación, aunque contracorriente, se hacía plácida, aprovechando la fresca brisa que les empujaba río arriba.

El sol colgado en un intenso cielo azul les obligaba a mojarse de vez en cuando, para contrarrestar la fuerza de sus incandescentes rayos.

No había prisa, tenían todavía el día por delante.

Avanzaban sobre el agua despacio, aquellos rudimentarios remos no propiciaban más velocidad a la «embarcación»; esto permitía disfrutar del entorno.

La visión que ofrecían las aguas, por momentos cristalinas —dependiendo de la profundidad del recorrido— eran de un inmenso acuario, lleno de peces de distintos tamaños.

Recreándose en el sorprenderte espectáculo, disfrutaban de la fauna fluvial, en la que no aparecían aquellos temidos monstruos.

Al salir de un recodo del sinuoso curso del río se divisaba en la ladera de la pelada campiña una manada de ovejas.

Estaban pastando todas agrupadas por la exigencia de los ladridos del perro que las gobernaba. Era Valiente, el perro del pastor.

Montoya dijo que aquel hombre —el pastor—, igual que el perro, al que había reconocido, eran amigos suyos, y propuso hacerles una visita.

Aquella propuesta, aunque no estaba en el plan de salida, pensaron que se podía llevar a cabo, al fin y al cabo el día estaba abierto a todo tipo de aventuras, surgidas de manera espontánea.

El gitanito, apoyando la idea de darle contenido al día a partir de la improvisación, dijo que llegar hasta el pastor no entrañaba ninguna dificultad, ya que solo se trataría de subir en línea recta hasta la choza.

Con el consenso del grupo se dirigieron a una poza fuera de la corriente para amarrar la «flota», y esconder los remos entre unos juncos.

Con una cuerda que llevaban para los imprevistos encadenaron las canoas una junto a otra, para terminar con una piedra, a modo de ancla, atada al final de aquella soga.

Desde la orilla del río se divisaba en la pelada ladera la manada de ovejas cerca de una choza pegada a un árbol.

A poca distancia del rebaño, en la soledad de aquel campo derretido por el sol, emergía otro árbol, en cuya sombra se veía a un hombre. Se trataba de una voluminosa encina dando cobijo al pastor.

Subían la empinada cuesta del cerro hacia el punto donde se encontraba la propiedad de aquel ganadero, su casa —la choza— y el ganado, también las dos encinas.

A uno de aquellos solitarios árboles que daba muestra de vida se dirigieron. Abajo, en el río, se veían las canoas en la poza donde las habían amarrado.

La figura del pastor, a la sombra de aquel voluminoso árbol, se iba haciendo más nítida a medida que se acercaban; también se iba haciendo visible algo en lo que estaba ocupado.

Estaba echado hacia atrás sobre la nudosa encina, trenzando una cuerda de esparto. El dominio que mostraba de aquel oficio era total.

Con la cabeza levantada, mirando cómo se acercaban los diminutos e imprevistos visitantes, continuaba sometiendo el esparto al dibujo de la cuerda, sin detener las manos; aquel artesanal trabajo lo dominaba de tal manera que lo ejecutaba sin mirar.

Ya a pocos metros, y una vez reconoció a Montoya, interrumpió la faena.

Se despojó de la cuerda que mantenía colgada sobre el cuello y fue al encuentro de la joven pandilla, al frente de la cual estaba el gitanito.

Era un hombre de mediana estatura, de aspecto rudo, llevaba la camisa abierta mostrando el pecho poblado de un enmarañado bello haciendo juego con sus redondos brazos, también muy peludos. De su ennegrecido torso destacaba el blanco planteado de una cadenita con la medalla de la Virgen patrona.

Tras un efusivo abrazo de los dos amigos, el instigador de la visita procedió a presentar el grupo.

A poca distancia de la encina donde le sorprendió la intrépida pandilla manipulando el esparto estaba pastando el rebaño, también estaba cerca la choza; hacia allí se dirigieron.

Era una vivienda cónica, hecha de anea y juncos, por donde el agua se deslizaba en época de lluvia, haciéndola invulnerable al invierno, decía el pastor.

Como gesto de cortesía, el anfitrión les invitó a conocer su casa.

Del habitáculo cilíndrico emanaba un fuerte olor a anea, el material empleado para su construcción, el mismo material con el que estaban hechos los serijos.

En el centro de aquel cuarto redondo se había formado un círculo de piedras, dentro del cual estaba anclado un trípode de hierro. Como ejemplo de que aquel espacio hacía de dormitorio y también de cocina, de la sólida estructura colgaba una cadena con un caldero.

Alrededor de aquel fogón, ahora apagado, se distribuían en forma de círculo abundantes serijos, dando una mínima confortabilidad al lúgubre habitáculo; también había un capazo con fruta.

Tras mostrar su compacta vivienda, el hospitalario pastor cogió del capazo un melón. Esta fruta la ofreció como muestra de amistad hacia Montoya y también a sus acompañantes; el rudo ganadero quiso recalcar que los amigos de su amigo también eran sus amigos.

La encina que había frente a la choza protegía del sol a aquella «vivienda», resistente a la lluvia, pero no al tórrido sol de aquel verano.

Bajo la frondosidad de aquel tupido árbol, el pastor propuso la degustación del aromático melón.

Con movimientos enérgicos, fue sacando serijos de la choza hasta completar el número de comensales.

Con aquellos taburetes de anea dispuestos en círculo, colocó en el centro un cesto de mimbre boca abajo a modo de mesa y, sobre esta, una palancana blanca desconchada para echar las cáscaras.

Todos comían con la cara impregnada de la deliciosa hortaliza, en una atmósfera de jovialidad que aquel hombre creaba con una fluida conversación referida a la inesperada visita.

Subrayaba que aquel hecho hacía que su solitaria vida se viera alegrada. Decía tener sobrinos de sus edades y hacía preguntas referidas a lo que querían ser cada uno de ellos el día de mañana.

Aquel hombre aparentemente tosco se mostraba sensible, y ponía mucho énfasis en la necesidad de que no abandonaran los estudios, al tiempo que renegaba de su condición de pastor.

En medio de la animada charla, se levantó y fue hacia el rebaño, que pastaba plácidamente a poca distancia, aparentemente en orden.

Profería gritos en forma de órdenes, que iban acompañados de una continuada blasfemia referida a una extensa relación de santos; el repertorio de divinidades aludidas era extenso.

Daba la impresión de que, con aquel transgresor lenguaje, quería transmitir firmeza en el mando.

En aquella demostración de autoridad, el aguerrido pastor adoptaba una actitud un tanto curiosa. Después de cada irrespetuosa referencia a algún santo —en claro signo de arrepentimiento—, el confeso pecador besaba la medalla de la Virgen que le colgaba del cuello, al tiempo que se santiguaba.

Tras las intimidatorias órdenes al rebaño y las muestras de arrepentimiento por aquel lenguaje, volvió sonriente.

A Nacho le parecía asombroso el efecto reparador inmediato que parecían haber tenido aquellos gestos, apoyados en el nombre del Padre, del Hijo y del Espíritu Santo.

Tomó asiento en el centro del corro de visitantes, aclarando que, aunque las ovejas eran muy dóciles, también eran muy inteligentes, y había que hacerles saber que no estaban solas; de vez en cuando convenía recordarles quién era el que mandaba en el rebaño.

Aquel método de trabajo a Nacho le recordaba a su maestro, este de vez en cuando, sin un motivo aparente, infringía severos castigos en nombre de la disciplina.

A él le parecía que el pastor y Don Óscar —su maestro— adoptaban el mismo método de «enseñanza».

Apoyado en aquel ejemplo comparativo, a Nacho le costaba admitir que su profesor los trataba como a un rebaño de aquellos animales.

En el momento en que hacía aquella reflexión apareció un imprevisto invitado, que parecía querer incorporarse al resto de comensales tertulianos; se trataba de una oveja.

Era esponjosa, de un blanco intenso que la diferenciaba de las demás del rebaño. El pastor decía que era su niña —así la llamaba—, y la lavaba en el río todas las semanas.

Tenía la ubre tan hinchada que las nalgas la golpeaban de un lado al otro. Caminaba con las patas algo separadas, para hacerle hueco a aquella voluminosa bolsa a punto de estallar por la acumulación de líquido.

La nota colorista la ponía un estadal que llevaba en el cuello con la medalla de la patrona del pueblo.

El animal, que mostraba una evidente vinculación amistosa hacia su dueño, le seguía en todos sus movimientos, dispuesta a no despegarse hasta que no la aliviara de aquella pesada carga láctea.

El pastor, abrazado a su cuello, la mostraba al grupo, indicando que era muy inteligente, y le buscaba para que le sacara la leche; esa mañana aún no la había ordeñado.

A su «niña» decía que la ordeñaba aparte, fuera del rebaño, como muestra de cariño hacia su oveja preferida.

Tras unas últimas caricias, apartó la canasta invertida, que servía de mesa para depositar las cáscaras de melón, y en su lugar colocó a la luminosa oveja.

Para que el animal no abandonara aquella ubicación —ya que le seguía en todos sus movimientos—, le pidió a Enrique que la sujetara del cuello mientras iba a por algo al interior de la choza.

Al instante apareció con una cazuela de porcelana marrón que, como la anterior de color blanco, también mostraba grandes desconchones.

Arrastro un serijo para colocarse sentado en posición de ordeño, dispuesto a aliviar al animal de aquel incómodo peso.

Todos observaban la habilidad del ordeñador, succionando las tetas de la hinchada ubre.

Esto lo hacía acompasado, produciendo un rítmico sonido, donde los potentes chorros de leche impactaban en la nube de espuma que estos formaban en el fondo del desconchado recipiente.

El pastor parecía exhibirse en aquella maniobra que dominaba con destreza y aparente facilidad, seguro de aportar un descubrimiento inédito. En el grupo nadie dijo haber visto antes un ordeño.

A poco de comenzar con la extracción de la leche, y dado el nivel de expectación del infantil público, propuso que este interviniera en aquella maniobra pastoril.

Todos, formando un corro alrededor del ordeñador, asistían absortos a la descripción teórica de la delicada manera de tratar la tersa y voluminosa ubre, que pedía ser aliviada de aquel lastre.

Con el dedo pulgar flexionado, la teta se posaba sobre la cara externa de este, al tiempo que los cuatro dedos restantes abrazaban el pezón. Un suave deslizamiento hacia abajo, acompañado de una ligera presión, producía un consistente chorro de leche, que colmaba de satisfacción al ordeñador de turno al constatar la autoría de semejante proeza.

Uno a uno, fueron poniendo en práctica la teoría recibida. El notable resultado obtenido les hacía sentirse consumados ordeñadores.

Ya a punto de dar por concluida la visita, cerca del mediodía, el pastor quiso obsequiarles con una última «atracción».

Llamó a Valiente —su perro— y procedió a hacer una demostración de adiestramiento.

El perro, al igual que la oveja, lucía en el cuello un Estadal de la Virgen patrona.

Aurelio, así se llamaba el pastor, procedió a mostrar sus dotes de adiestrador.

Le ordenaba al perro sentarse, y este se sentaba; le pedía que le trajera un objeto —un trozo de palo—, y este se lo traía; le pedía que le diera la mano, y este se la daba.

Aquellos gestos del animal le daban cierto mérito al adiestrador, aunque lo más llamativo era cuando le mandaba ir a supervisar el rebaño.

Valiente corría hacia la masa de ovejas y, tras un exigente lenguaje en forma de enérgicos y amedrentadores ladridos, volvía de nuevo.

Se sentaba junto a su amo con la cabeza erguida, exhibiendo con orgullo aquella demostración de suficiencia.

Tras aquel ultimo obsequio a la visita, Aurelio dijo que tenía que trasladar la ubicación del rebaño a otro punto de la extensa ladera.

A cierta distancia cerca del alto del cerro, junto a un árbol que se divisaba pequeño en la lejanía —otra encina, dijo aquel—, era el lugar donde pasarían las ovejas —y él— el resto del día, comentó el pastor en tono de resignación.

El curtido hombre cogió la cuerda de esparto inacabada que colgaba de la puerta de la choza, junto con un haz de aquella resistente planta, y se la colgó al cuello en la misma posición que tenía cuando ellos llegaron.

A continuación, se echó a la espalda el voluminoso manojo de esparto, dispuesto, en compañía de Valiente, a desplazar la masa de ovejas a un nuevo asentamiento.

La encina que se divisaba a lo lejos le serviría de cobijo ante el abrasador e inmisericorde sol de aquel verano, pensaron.

Tras unos abrazos de sentido afecto, se despidieron del pastor, abandonando la choza. Antes, introdujeron los serijos en su interior, colocándolos en el lugar de origen, en círculo alrededor del caldero.

Mientras Aurelio y Valiente se dirigían hacia el rebaño, ellos emprendieron la marcha ladera abajo en busca de las canoas, para continuar con la aventura.

En la poza del río, atadas con la piedra-ancla, les esperaban las «embarcaciones».

Tras recuperar los «remos» —las tablas de cajas de cerveza—, que permanecían dentro de la mullida mata de juncos, se disponían a continuar con la navegación río arriba, en busca de aquel recodo que acortaba la distancia para cruzarlo.

13

El poblado gitano

Navegaban por la orilla en busca de aquel sitio idóneo para cruzar.

En el paisaje estaban aquellos peces que los acompañaban a los lados de las canoas, a modo de escolta, por las aguas cristalinas de la orilla. Enrique, siempre tan místico, decía que por aquel magnífico día había que dar gracias al Señor. Todos estuvieron de acuerdo en aquella apreciación.

A propósito del Señor y aquella multitud de peces, a Nacho se le planteó una pregunta.

Según habían aprendido, Dios encargó a Noé que metiera en el arca una pareja de animales de distinta especie.

Nacho se preguntaba cómo este hecho no estaba mejor explicado. Entre tanta agua, los animales acuáticos no se hacía necesario embarcarlos, ya que estos permanecerían en su medio natural.

Imbuido en aquella reflexión, iban bordeando uno de los muchos recodos por donde trascurría el sinuoso caudal de agua, tras el cual debía aparecer aquel punto estrecho por donde estaba previsto cruzar. Antes debían dejar atrás una frondosa chopera; el chopo era el árbol predominante en la orilla del río.

Bordeando la frondosidad de aquella masa de árboles, se vieron sorprendidos por un inesperado público.

En la orilla del río, un grupo de mujeres de tez muy morena lavaban la ropa. Eran las habitantes de un poblado de chabolas de gitanos, ubicado al otro lado de la tupida arboleda.

Las lavanderas, obviando la presencia del «marinero» gitano, hacían referencia en voz alta a la valentía de aquellos niños payos.

La presencia entre el grupo del gitanito, del que aquellas mujeres no se percataron, por el contrario, no pasó inadvertido por otro niño de la misma etnia que lo llamaba a voces. En sus potentes gritos se identificaba como su amigo, amigo de Montoya.

Aquel, con un bocadillo en la mano, le proponía desembarcar junto al resto de la «tripulación». Esto lo hacía con la promesa de invitarles a merendar en su casa.

Al tiempo que aquellas mujeres mantenían su asombro por la valentía de los jóvenes navegantes, aquel niño caminaba sumergido en el agua hasta la altura del pecho. Mientras penetraba en el río, mantenía el brazo estirado en alto sujetando la barra de pan, a fin de mantener a salvo el sugerente manjar.

En aquella posición continuaba avanzando, reiterándose en la invitación.

Cuando el insistente amigo del compañero de navegación llegó a la altura de las canoas, el tamaño y el olor a chorizo del voluminoso bocadillo resultaban datos lo suficientemente convincentes que la unanimidad para aceptar el ofrecimiento fue total.

Eran las dos de la tarde. El tiempo transcurrido desde la temprana merienda, y la sandía y melón posterior, parecía una ingesta insuficiente que había que apoyar con algo más sólido.

Decididamente, el aromático pan merecía una visita de… «cortesía».

Dejaron las canoas junto al lavadero de aquellas mujeres y se dirigieron tras el poseedor del gigantesco bocadillo hacia el interior del pueblo.

En realidad, se trataba de una agrupación de destartaladas chabolas.

Un camino bacheado y reseco, cuyo nombre —Camino Real— estaba escrito con mala caligrafía sobre una huesuda tabla que identificaba la calle principal, y única.

A los lados de esta polvorienta «avenida» surgían casas —chabolas— para vivir y también para trabajar.

Muchas de aquellas viviendas estaban convertidas en talleres de trabajo.

En las primeras —las chabolas viviendas—, figuraba un numero pintado con cal en la puerta, a fin de facilitar la llegada del correo.

En las chabolas taller había una agitación variopinta de producción «industrial». En unas se hacían canastas; en otras, cinturones de plástico trenzado; y en otras, objetos de mimbre y sombreros de paja.

En la chabola más grande, hacia la mitad del camino —la calle—, se arreglaban utensilios de porcelana y hojalata. Esta actividad estaba junto a un gran corral —almacén— de chatarra.

A continuación de la chatarrería se encontraba la «industria» textil.

En varias chabolas encadenadas unas con otras, numerosos grupos de gitanas jóvenes, bajo la supervisión de una anciana, cosían y manipulaban ropa.

Todos los trabajos se hacían bajo la presencia de un refrescante botijo de agua, que colgaba del techo en cada uno de estos espacios.

Al final de la «calle», una voluminosa cruz de madera alumbrada a pleno sol por media docena de velas se elevaba, presidiendo el pueblo.

Aquel elemento religioso —la cruz— estaba muy presente en aquellos habitantes, todos llevan una cadenita al cuello con aquel símbolo. Montoya también llevaba un crucifijo.

Ante aquella demostración religiosa, a Nacho le asaltaba una pregunta: por qué en la iglesia nunca veía gitanos. Esta misma pregunta se la hacía respecto a la ausencia de niños de esta etnia en la escuela.

Atravesaron el pueblo por aquella polvorienta «calle» tras el guía, que los dejó a la sombra de una higuera.

Una vez protegidos de los hirientes rayos del sol, aquel les indicó que volvería enseguida.

Al poco rato, el niño guía apareció con una talega al hombro llena de bocadillos, que desprendían un inconfundible olor al embutido unánimemente deseado, el chorizo. En el otro hombro llevaba colgada una bota de vino.

Después se supo que beber alcohol era parte de la preparación infantil masculina de aquellas gentes, con vistas a formar curtidos hombres el día de mañana.

Después de la suculenta merienda, el anfitrión se ausentó para aparecer de inmediato, acompañado de un grupo de niños de la misma edad que ellos, cargados con diferentes instrumentos musicales.

El objeto de la joven banda de músicos era ofrecer a los invitados una relajante velada, exhibiendo al mismo tiempo sus habilidades interpretativas.

La pequeña orquesta estaba formada por un saxofón, una trompeta, un acordeón y una guitarra.

Todos tocaban y cantaban a un ritmo contagioso que les hacía parecer consumados músicos. Lo más llamativo de aquel hecho era que habían aprendido de una manera autodidacta, sin ningún tipo de enseñanza dirigida.

Resultaba sorprendente que aquellos niños, sin saber leer ni escribir, en cambio sabían tocar los instrumentos de manera brillante.

Ahora cada músico tocaba por separado, cuando terminaba uno, comenzaba el otro, de esta manera cada uno exhibía de manera individual el dominio que tenía sobre su instrumento.

En el momento que le tocaba el turno al intérprete de la guitarra, Montoya decidió sumarse a aquella demostración artística, mostrando una faceta desconocida para el grupo hasta aquel momento. Se arrancó a cantar por fandangos.

A Nacho que le gustaba el flamenco —por una cuestión de empatía familiar—, le resultaba conmovedor el sentimiento que transmitía el inesperado «cantaor» y el dominio de aquel difícil cante, que mostraba el gitanito… «analfabeto».

Tras el eco de los emocionantes fandangos, se dio por finalizado el concierto.

Ahora el grupo de músicos los llevó a otro espacio, para despedir a los visitantes, con otra demostración de arte.

Se trataba de una habilidad que formaba parte de la vida diaria de aquel colectivo de niños pobres, que aprendían para sobrevivir de aquella manera.

En un corral circundado de tela metálica, con un frondoso pino en el centro, los anfitriones artistas les preparaban, a la sombra de aquel árbol, un espectáculo circense.

Dos niños de aquel grupo de músicos eran los encargados de la demostración.

Aquel número lo ensayaban todos los días antes de salir hacia el pueblo, donde lo hacían delante del público callejero, en diferentes plazas y puntos concurridos de este.

La exhibición diaria de este número circense aportaba un buen número de monedas, que contaban como apoyo a la maltrecha economía familiar de los habitantes de aquel mísero pueblo.

El número constaba de una cabra equilibrista y un burro que cantaba a modo de rebuzno cuando le acercaban el micrófono.

El momento estelar, y «dramático», estaba reservado para el final. Se trataba de una serpiente que se enroscaba dócilmente por toda la anatomía de los valientes domadores, al tiempo que sacaba amenazadoramente la lengua.

De entre el grupo de intrépidos navegantes, no había nadie dispuesto a desafiar al temido reptil, enroscándoselo al cuello tal como proponían los osados amigos del gitanito.

Los humildes artistas, con aquella proposición, querían quitarse protagonismo en aquello que, para los huéspedes, parecía una «hazaña».

Al final de la tarde, antes de la puesta de sol, se dispusieron a regresar.

Los músicos, acompañados de un numeroso grupo de jóvenes habitantes del pueblo, fueron a despedirlos a la orilla del río.

Al tiempo que Montoya se abrazaba a su amigo —el del bocadillo—, con un efusivo adiós comenzaron la navegación nuevamente hacia el estrechamiento del cauce entre las dos orillas, que se veía a poca distancia.

Navegaban con un poso de tristeza por aquellos niños inteligentes que quedaban allí, en el marginal pueblo, olvidados y anónimos.

Con el sentimiento de estar favorecidos por la suerte, las tres embarcaciones navegaban en paralelo, mientras la tripulación se mantenía en un mutismo total.

Una actitud que parecía indicar, el deseo de escapar sigilosamente de aquel entorno, por un inexplicable miedo a ser integrados en su seno.

De vez en cuando alguien asaltaba el silencio para aludir a los autodidactas artistas, esto ocupaba la conversación del momento, desplazando el interés por los peces carnívoros.

Aunque la imagen de aquellos voraces peces engullendo la pierna de uno de ellos quedaba eclipsada por el relato del día, la tripulación aún mostraba el instinto de protección; todos remaban con los pies sobre los troncos, fuera del agua.

Tras la sensación de haber salvado el peligro, iban abandonando el cauce central del río con la duda de si realmente vivían allí aquellos temidos Lucios y Carpas.

Aunque no tenían la certeza de que aquellos monstruos habitaran en las profundidades, el hecho de que no se avistara ninguna serpiente de agua —que, según el padre de Luis, era el alimento preferido de aquellas alimañas— hacía mantener una razonable duda.

Con la enigmática existencia de los mortíferos peces se iban acercando a la orilla, dando por concluida la travesía.

14

Regresando de la aventura

Llegaron al punto de partida de donde habían salido por la mañana en busca de aventura, aventura con unas perspectivas de inicio que, tras todo lo acontecido, se habían visto claramente superadas.

Una vez ocultadas las canoas en la jungla de aneas que habían localizado para tal fin y dispuestas para futuras travesías, emprendieron a pie el camino de regreso al pueblo.

El trayecto que trajeron por la mañana, ahora Enrique exigía se modificara en aras de un obligado sacrificio.

Frente a un cruce de dos caminos, el místico compañero propuso el que llevaba a una ermita donde, este decía, deberían de dar gracias a la santa que allí se veneraba por haberles salvado de todos los peligros.

A pesar de que la elección del nuevo itinerario que llevaba a aquel santuario alargaba el recorrido, la decisión de dar gracias por la ayuda divina fue de absoluto consenso.

Asumiendo la nueva distancia, se disponían, a través de un accidentado camino lleno de baches, piedras y abundante polvo, a regresar, dando por concluida la intensa aventura cargada de emociones.

Caminaban precedidos de una cuadrilla de mujeres jornaleras que habían agotado el día cogiendo ciruelas. El tiempo de la larga jornada de trabajo se reflejaba en sus rostros de cansancio y la ocupación se deducía por el cesto de ciruelas con el que cargaba cada una. Aquel postre, supuestamente «gratis», obsequio de la empresa, daba la impresión de que merecía un esfuerzo final.

La nota llamativa del grupo de mujeres de mediana edad la daba una niña de aproximadamente los años de ellos.

Las maltrechas jornaleras caminaban cansinamente, arrastrando el cuerpo con las últimas energías disponibles; no obstante, a pesar del agotamiento que transmitían, mantenían una sonrisa colectiva de liberación tras la condena de trabajo forzado.

A pesar del intenso calor —aunque a esas horas ya había menguado—, llevaban unas ropas que parecían de abrigo, los pantalones de algunas de ellas eran de pana, las de otras, de otro tejido que también parecía de época invernal, en la parte superior lucían camisas de manga larga de diferentes tonalidades, aunque predominaba el color oscuro

Del grupo, unas llevaban sombrero, y otras, este lo sustituían por un pañuelo en el cabeza atado por debajo de la barbilla.

En los pies había unanimidad, todas llevaban alpargatas de cáñamo.

Aunque mantenían aquella sonrisa, el lenguaje corporal delataba el castigo que arrastraban.

El sudor, a excepción de la niña que llevaba pantalón corto y camiseta de tirantes, se hacía visible en los bordes de las axilas de las camisas; estas mostraban aquella zona desteñida a través de una profunda mancha. De vez en cuando interrumpían la charla para canturrear una canción a modo de aliviador quejido.

Caminaban a poca distancia de aquellas mujeres; cada vez se acercaban más, debido a la lentitud con la que se desplazaban. En un momento en que la distancia se había reducido, ya a punto de contactar, una de aquellas campesinas, la de mayor edad, se percató de la proximidad de aquellos niños y mandó detenerse.

Del cesto que llevaba apoyado en la cadera sacó un puñado de ciruelas y se las dio a la joven campesina —la niña— para que las repartiera entre aquellos jóvenes perseguidores.

Tras aquel gesto de confraternidad, los dos grupos, «navegantes» y campesinas, se unieron. Los primeros con un componente más, ya que la joven jornalera no mostraba intención de querer volver a sus orígenes… y abandonar a los nuevos amigos.

Con la intención de impresionar a Verónica —así se llamaba la niña—, todos hacían alarde de la osada travesía que habían realizado, con unas barcas construidas por ellos mismos.

Aunque esto último no era del todo cierto, el propósito de impresionar a la atractiva niña justificaba la inexactitud de aquel detalle. Verónica tenía unos bonitos ojos verdes, que destacaban sobre su cara tostada por el sol; era muy guapa.

La cuadrilla de agotadas jornaleras caminaba lenta con sus opacos cantos y forzada sonrisa, sin mostrar mucho interés en la procedencia de aquella infantil pandilla. Estos, en cambio, si querían tener datos de aquel sorprendente descubrimiento, la niña con la camiseta de tirantes.

A ella le hacían preguntas, referidas a la vinculación con aquellas mujeres, y a sus gustos y preferencias, también les interesaba saber cuál era su fruta favorita.

De entre todos los «secretos» que la campesinita iba desvelando y, con objeto de tenerla localizada en el futuro, Nacho puso mucho interés en saber si, una vez terminara la recolección de la fruta, y con ello el verano, iba a estudiar en algún colegio.

Mientras intentaban fraguar amistad con la joven recolectora de fruta, el camino los aproximaba a un cruce, donde se mostraba en granito la imagen de la patrona del pueblo.

Al llegar a la altura de la Virgen de «piedra», las jornaleras interrumpieron la charla para, en un sostenido silencio, santiguarse de manera unánime. Esto lo hacían con una reverencial inclinación de la cabeza.

En la escuela habían aprendido que el santiguamiento se hacía para pedir perdón o para dar gracias —anticipadas— a la divinidad, por interceder en alguna necesitada ayuda.

Nacho se preguntaba si aquel gesto lo hacían las campesinas buscando el perdón, ante un desconocido pecado colectivo; o para dar gracias a la Virgen por una misteriosa ayuda, que no se hacía visible en aquellas maltratadas mujeres.

La respuesta a aquellos dos supuestos Nacho la encontró en la evidencia. La veneración que aquellas humildes mujeres mostraban a la Virgen era incondicional.

Aunque el ritmo que imprimían las agotadas trabajadoras caminando sugería adelantarlas para no perder tiempo —ya que no convenía llegar tarde a casa—, desprenderse de la amistad de la atractiva amiga hacía considerar la decisión.

Ante un severo correctivo por llegar fuera de la hora permitida, la postura a tomar no admitía dudas.

Definitivamente dejaron atrás aquel grupo, que caminaba fatigosamente lento; se había perdido mucho tiempo en la «confraternización» con la niña de los ojos verdes.

Ahora se disponían a pasar por delante de un pequeño santuario, objeto del importante rodeo en el que se estaba convirtiendo el regreso.

Este se encontraba a las afueras de una agrupación de casas de colonos agrícolas que formaban un diminuto pueblo. La pequeña población también contaba con la protección de su patrona.

En el interior de una ermita blanca, blanca como el pueblecito, estaba la imagen de la venerada santa, a la que se le atribuían infinidad de milagros.

Tal como habían decidido, entraron para dar gracias a la Virgen por haberles protegido en aquella arriesgada navegación.

Todos compartían la idea de que aquella hazaña no habría sido posible sin la protección divina.

Con el deber cumplido para con Dios, continuaron el camino.

A poco de dejar atrás la ermita, un carro de mulas les daba alcance.

Sentados a cada lado de las abrazaderas, iban un hombre algo mayor —eso transmitía— y un niño de edad parecida a las suyas.

Un mulo blanco que tiraba de aquel transporte rural lo hacía a un ritmo tan vivo que hacía difícil seguirlo, aunque ese era el propósito de los agotados navegantes; el día había sido muy intenso.

Después de un rato de infructuoso seguimiento, el carro, que comenzaba a alejarse, se paró.

El hombre que lo gobernaba sentado en un lateral con las riendas del mulo en la mano, soltó estas y bajó para dirigirse directamente a Nacho.

Le dijo que lo había reconocido como el hijo del médico y le invitó a subir, junto con sus amigos.

Era un hombre tostado por el sol y barba de varios días, con aquel olor característico que tenían los campesinos. Vestía una camisa «blanca», abierta por el pecho, que el polvo había transformado en una indefinida tonalidad. Aquel hombre no llevaba cadenita al cuello, la manifestación religiosa la trasladaba al mulo. Este lucía a modo de tatuaje en la parte externa del muslo derecho la imagen de la Virgen, era un dibujo perfectamente marcado sobre el pelo rasurado del animal.

Para reforzar la presencia de la santa, de unas anillas de la caja del carro colgaba un manojo de coloristas estadales, con el rojo y gualda de la bandera de España como color predominante.

La Virgen formaba parte de la colectividad en la vida diaria, además de estar presente en las oraciones también se hacía necesaria su presencia física. Su imagen en miniatura de cobre fundido ocupaba un lugar preferente en los aparadores de las casas de todos los amigos. También estaba en un cuadro de la Barbería de Antolín, y en los calendarios del bar La Parada. Asimismo, el espejo retrovisor del carromato de Jerónimo el Piconero servía de soporte para un puñado de aquellas típicas cintas de colores con la imagen de la patrona.

En el hospital, el ayuntamiento y, naturalmente, en el colegio, La Blanquita —así se la llamaba a la santa— tenía un lugar predominante.

Se podría decir —pensaba Nacho— que todo estaba bajo la vigilancia y protección de la Virgen.

Una vez que presentó a su hijo —el niño que le acompañaba—, todos, incluido el nuevo amigo, subieron a la parte de atrás del carro que iba libre de mercancía; la zona delantera estaba ocupada de cajas perfectamente apiladas, llenas de ciruelas y albaricoques.

El generoso padre, en gesto de bienvenida a la familia —como amigos de su hijo—, propuso abrir una caja de la fruta preferida por la mayoría. Todos se inclinaron por los albaricoques.

Para el grupo de aventureros, subir al carro significaba un alivio, ya que acortaba la caminata, pero también suponía un añadido a la aventura. Hasta aquel día, nadie había montado en aquel medio de transporte.

El final del día estaba resultando excitante, entre albaricoque y albaricoque se sentían flotar en lo alto del carro, viendo como dejaban atrás el paisaje desde aquella perspectiva cenital.

Después de un rato de animada charla que aquel hombre propiciaba, preguntando por los estudios, aficiones y otras curiosidades, se estableció una atmósfera de cordialidad y confianza que invitaba a desinhibidas proposiciones.

Era el caso de alguien que propuso al jovial conductor del carro que hiciera correr al mulo. Este, de manera complaciente e inmediata, mandó a Farruco —así se llamaba el mulo— forzar la marcha.

El trote alegre que provocó aquella orden en el animal hacía que el carro se desplazara a una velocidad «inusitada» ante la euforia colectiva.

Casi sin darse cuenta —el tiempo había pasado rápido—, llegaron a un cruce donde destacaba la presencia de una pintoresca caseta de peones camineros.

Aquella casa de mantenimiento de obras públicas —así constaba en un cartel— tenía una llamativa estética. Del blanco inmaculado de la fachada, resaltaba el zócalo y el marco de las ventanas, pintados de azul. El pozo, ubicado en un lateral con forma de casita —ventanas incluidas— mantenía la misma tonalidad, blanco con todos los bordes de azul.

En aquel punto de la carretera general debían abandonar el divertido vehículo rural; el carretero que iba a vender la fruta a otro pueblo tenía que desviarse por otra ruta.

Después de una sentida despedida —sentida por el afecto que le habían cogido a aquella familiar pareja—, pero también por la necesidad de tener que abandonar el cómodo trasporte.

En aquel cruce el frutero los dejó a cuatro kilómetros del pueblo, esa era la distancia que se leía en letras blancas sobre un enorme rectángulo azul en el lateral de la vivienda. Los colores de la enorme pizarra apoyaban la armonía del edificio, blanco y azul. También estaba la distancia a Córdoba y Sevilla.

Aún quedaba un buen trecho para llegar al pueblo. Al tiempo que emprendían a pie el resto del camino, un grupo de religiosos que llevaban el mismo destino se incorporaba a ellos. El grupo estaba compuesto por un cura y dos monjas.

Las religiosas, con rostro de mujeres jóvenes, llevaban las manos cruzadas bajo los hábitos, y en el hombro una bolsa de red mostrando su contenido; iba medio llena de chupa-chups.

El cura era alto, corpulento, con una predominante calva. Tenía una cara redonda y, en la comisura de los labios, de una boca carnosa, se le acumulaban grumos de una rechazable saliva.

Chupaba de manera compulsiva uno de aquellos caramelos con soporte de madera que portaban las monjas.

Movía el palillo del caramelo de bola de un lado a otro de la boca, de manera constante, a modo de tic, un tic que resultaba estresante.

El religioso, después de preguntar por los nombres —las monjas no hablaban—, quiso saber la procedencia familiar de cada uno, procedencia referida solo a la profesión de los padres.

De uno en uno, fueron complaciendo al cura con aquella información.

Nacho, el hijo del médico; Julio, el hijo del relojero; Pablo, su padre era el dueño del comercio de ropa San Francisco; Enrique era el hijo del dueño de la tienda de ultramarinos La Margarita; el padre de Luis regentaba un puesto de pescado en la plaza de Abastos.

Al llegar al niño de tez morena, este dijo, como única referencia familiar, que era gitano. Al cura le bastó aquel dato y no indagó en nada más.

Nacho se preguntaba por qué el sacerdote descartaba de su interés la ocupación del padre de Montoya.

Tras aquel interrogatorio, las monjas dejaron oír su voz.

Ante alguna atención que el cura demandaba, este se dirigió a ellas como hermanas, a lo que estas contestaron con un «sí, padre». La contestación iba acompañada con una inclinación de la cabeza, en gesto de reverente sumisión.

Ahora, aquel «padre» con sotana centraba las preguntas en el estado de compromiso con Dios. Este dato lo reclamaba de cada uno de ellos, excluyendo de la información al niño gitano.

La salvación del alma de Montoya parecía que no era prioridad del cura, pensaba Nacho.

Tras exponer la procedencia familiar de cada uno y el estado de las almas, el sacerdote, ávido de información, se mostró interesado por el colegio donde se formaban sus vidas —así lo describió el incisivo pastor—.

Dado que todos pertenecían al mismo grupo escolar, el religioso solo tuvo que centrar el interés en aquel centro. Preguntó con sonrisa maliciosa de examen si sabían el origen de la santa que daba nombre a aquella escuela.

Todos contestaron satisfactoriamente a la pregunta; la historia de la aparición de la Virgen estaba muy divulgada en la escuela, y también en el conjunto de la población de su devoto pueblo.

El que más se extendió en detalles de aquel milagro fue Enrique, dominador de los temas religiosos; a excepción de este, el resto del grupo parecía no querer continuar con aquella historia, adoptando una actitud indiferente sobre el tema.

Aquella indolente actitud al cura pareció molestarle. Con gesto serio, dijo que los temas religiosos había que tratarlos a fondo y con el máximo respeto.

Tras aquella advertencia, quiso volver al inacabado capítulo de la conversación, dijo, y continuó hablando de aquel milagro. Enrique que estaba en su terreno, habló de las apariciones de las vírgenes de todos los pueblos de la provincia, y también de las ermitas construidas por aquel motivo.

El cura, que parecía bien documentado, se refería ahora a apariciones célebres ocurridas en diferentes puntos del mundo.

Hablaba de una aparición en Portugal, en Francia, en México, en Italia, además del Pilar y la de aquel pueblo, entre otras en España.

Todas estas apariciones tenían una cosa en común: el avistamiento se producía en la sierra y el «avistador» del milagro era un pastorcillo.

Nacho también se preguntaba por qué no se cumplía en aquellos milagros una razonable paridad. En todas las apariciones a las que se refería el cura no había santos, todas eran santas, todas eran vírgenes.

En medio de aquel derroche de conocimiento mariano por parte del documentado religioso se fueron aproximando a la entrada del pueblo.

En la puerta del colegio de los capuchinos —congregación del sacerdote— se despidieron de este. Las religiosas también se despidieron, aunque estas, empeñadas en no hablar, lo hacían sin emplear el lenguaje oral.

Sacaron las manos que habían mantenido ocultas bajo aquella ropa, y con la derecha, haciendo un ademán a modo de saludo final, decían adiós. Con la mano izquierda se descolgaban aquella bolsa de «golosinas».

De esta manera, y en absoluto mutismo, las hermanas se iban sigilosamente con la bolsa de caramelos en la mano para no dejar de abastecer a su goloso padre.

Ya en la entrada del pueblo se planteó la necesidad de fraccionar la moneda de Remigio para hacer la repartición de aquella sobrevenida fortuna.

Nacho sacó del bolsillo el pañuelo que protegía la moneda y se dispuso a hacer el cálculo de dividir las cien perras gordas , entre los seis dueños de aquel tesoro.

La solución más simple se mostraba a poca distancia, donde un vendedor de galletas de coco pregonaba el contenido de este producto en el interior de la canasta de mimbre que portaba bajo el brazo.

Se invertiría todo el dinero en aquella golosina, y se dividirían las galletas resultantes de la compra, entre los beneficiados destinatarios del endulzante capital. Esta operación matemática fue aceptada por unanimidad.

Nacho, mientras se dirigía hacia el vendedor de chucherías con la peseta en la mano, se fijó en un detalle del que hasta entonces no se había percatado, y que confirmaba que todo emanaba del cielo.

En la moneda, con letras en relieve bordeando en círculo la efigie de Franco, rezaba: «Francisco Franco, Caudillo de España por la gracia de Dios».

Índice